L'ENFANT

4ᵉ SÉRIE IN-12.

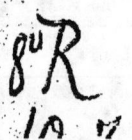

Les Poules.

L'ENFANT

PREMIÈRES LECTURES

ET LEÇONS DE CHOSES

PAR

Mˡˡᵉ R. DUBOIS, institutrice.

Il est si beau, l'enfant, avec son doux sourire,
Sa douce bonne foi, sa voix qui veut tout dire,
Ses pleurs vite apaisées.
Laissant errer sa vue étonnée et ravie,
Offrant de toutes parts sa jeune âme à la vie,
Et sa bouche aux baisers!

(Victor Hugo.)

LIMOGES
EUGÈNE ARDANT ET Cⁱᵉ, ÉDITEURS.

PREMIÈRES LECTURES

DE L'ENFANT

I

LE PREMIER LIVRE DE L'ENFANT.

Enfants, vous êtes bien jeunes et vous savez déjà bien des choses;

Mais tout ce que vous savez n'est rien, absolument rien, en comparaison de ce que vous devez apprendre.

Chaque jour on vous fait des récits :

Vous les écoutez avec attention, quand ils vous intéressent.

Ne seriez-vous pas heureux, enfants, de trouver dans ce petit livre votre propre histoire ?

Vous aimez bien votre père et votre mère,

Vous les chérirez encore plus quand vous comprendrez pourquoi vous êtes aujourd'hui à l'école;

Quand vous saurez de quels soins, de quelle tendresse ils ont entourés vos jeunes années;

Vous les respecterez davantage, quand vous connaîtrez les peines, les fatigues, les privations qu'ils se sont imposées pour vous.

II

L'ENFANT.

Le petit enfant vient de naître : Sa mère le dépose dans la jolie couchette, semblable à un nid, composée de duvet bien doux.

Les parents sont dans la joie :

Chacun vient à son tour contempler la frêle créature.

L'enfant pleure : C'est sa manière à lui de dire : j'ai faim, j'ai soif, j'ai froid, je souffre.

Le sein maternel est là pour le nourrir, pour le désaltérer, pour le réchauffer, pour calmer sa douleur.

Bientôt il saura sourire et tendre les bras pour témoigner une satisfaction ou exprimer un désir.

C'est doucement bercé par sa bonne mère qu'il ferme les yeux et goûte un bienfaisant sommeil.

III

L'ENFANT GRANDIT.

L'enfant est débarrassé de ses langes. Soutenu par sa mère, il essaie ses premiers pas.

Un bourrelet entoure son front et protége sa tête : C'est la couronne du maître, le diadème du souverain.

Le père revient de la ville ou des champs : l'enfant le reconnaît et veut courir à sa rencontre.

Le bon père n'a pas oublié son cher petit : Il dépose sur une chaise, à sa portée, des joujoux et des fruits.

IV

L'ENFANT PARLE.

L'enfant connaît ses parents :

Il comprend déjà toute l'affection qu'ils ont pour lui.

Il leur ouvre ses petits bras et sait les récompenser de leurs soins par un baiser et par une caresse.

L'enfant bégaye les premiers

mots : *papa, maman* ; et le bon père, la bonne mère se trouvent payés de toutes leurs peines, de tous leurs sacrifices.

Pendant que la maman vaque aux travaux du ménage, l'enfant trottine autour d'elle.

De temps en temps il s'appuie contre un meuble pour éviter une chute provoquée par sa turbulence.

Il répète la leçon maternelle ; les mots s'ajoutent aux mots ;

Il en résulte un gracieux babil, une conversation charmante.

V

PREMIÈRES CONNAISSANCES DE L'ENFANT.

L'enfant naît curieux :
A peine sorti des langes, il éprouve

déjà le besoin de connaître, de s'instruire.

Il veut savoir le nom de tous les objets qui sont autour de lui.

Il interroge sa mère : Il dédaigne le hochet, qui naguère faisait toute sa joie; il rejette la poupée de la petite sœur.

Comment s'appelle ceci? Comment s'appelle cela?

C'est la chaise élevée qu'il occupe pendant le repas; c'est la table autour de laquelle la famille est assise; la timbale que l'oncle a donnée; le petit couteau, la cuillère, la fourchette, présents du parrain ou de la marraine.

C'est le fauteuil de la grand'mère, l'armoire au linge, le dressoir avec ses plats et ses assiettes, le fourneau destiné à la cuisson des aliments;

la nappe et les serviettes exhalant cette bonne odeur des lessives de campagne.

Et toute la journée le petit enfant augmente son vocabulaire ; il apprend des mots exprimant les idées déjà gravées dans son esprit.

VI

LE SOIR.

Un pas bien connu frappe l'oreille de l'enfant.

Il accourt et se précipite dans les bras de son père qui revient du travail.

Le père l'assied sur ses genoux.

En ce moment la pendule sonne sept heures.

A chaque chute du marteau sur le timbre sonore, un oiseau agite ses ailes et chante : *Coucou! coucou!...*

Toutes les heures, toutes les demi-heures, l'enfant entend le même bruit et le même chant d'oiseau.

Sa surprise et son étonnement paraissent toujours aussi grands, sa joie se manifeste toujours aussi vive.

Il frappe dans ses petites mains et essaye de compter les heures.

Le père dit, et il répète : *Un, deux, trois, quatre, cinq, six, sept.*

C'est l'heure du repas de la famille : Tout le monde se met à table.

VII

LE SOIR. — (SUITE.)

L'enfant est placé entre son père et sa mère : Ils lui recommandent de se tenir tranquille et de manger proprement.

Ils lui coupent son pain et sa viande, lui versent à boire et le petit homme est tout fier de participer au repas commun.

De temps en temps il s'interrompt pour écouter ses parents qui se racontent l'emploi de leur journée.

Son attention redouble quand le père parle de la vaste forêt, des grands arbres, des petits oiseaux, des animaux de la ferme voisine.

Il n'est pas sorti du cercle de la famille;

Il ne connaît encore que le vieux chien qui vient familièrement lui lécher les mains et le visage, et le chat paresseux qui fait son *ronron* au coin de l'âtre.

La conversation se continue autour du foyer.

Mais le *coucou* chante neuf heures; l'enfant fait sa prière ; il est porté dans son berceau, et chacun va se reposer des fatigues du jour.

VIII

LE MATIN.

L'enfant a été éveillé par une voix éclatante comme une trompette.

Il se frotte les yeux et appelle sa mère qui procède à sa toilette.

Elle le lave, le peigne, le nettoie, et le petit la seconde de son mieux.

Il est bien sage, bien élevé, et sa bonne mère lui dit souvent que la malpropreté est une rouille qui use notre corps et compromet notre santé.

La matinée est belle, le soleil brille ; l'enfant qui peut maintenant courir se promet une bonne promenade.

Il entend de nouveau le chant vibrant qui a interrompu son sommeil; il veut savoir d'où il provient.

La mère achève les soins du ménage, le prend par la main et le conduit dans la basse-cour.

IX

LA BASSE-COUR.

Un oiseau bat des ailes, se dresse sur ses pattes et fait entendre sa voix sonore.

L'enfant reconnaît le chant qui l'a si fort inquiété.

Il est un peu effrayé à la vue du

coq qui s'avance, fier et hardi, suivi d'une bande de poules.

L'oiseau vient, sans crainte, lui arracher la tartine qu'il tient à la main.

Il aurait pleuré, si sa mère ne l'eût assuré que le coq ne lui ferait pas de mal.

Et il regardait l'oiseau distribuant à ses poules jusqu'à la dernière miette du fruit de son larcin.

Le coq paraissait heureux de se faire admirer :

Il portait haut sa belle tête couronnée d'une crête rouge ;

Les plumes de ses ailes et de sa queue brillaient au soleil ;

Ses yeux étincelants se portaient de tous côtés avec assurance.

La mère entraîna l'enfant dans un coin de la basse-cour et lui montra une poule étendue sur un nid.

L'enfant glissa la main sous les plumes de la pondeuse qui ne se dérangea pas ;

Il retira du nid un œuf bien frais destiné à son déjeûner.

X

LA BASSE-COUR. (SUITE.)

Le lendemain l'enfant veut revoir la basse-cour.

Il court tout joyeux à la rencontre d'une poule qui conduit de nombreux poussins.

La poule jette un cri d'alarme, réunit ses petits et s'élance menaçante contre l'agresseur.

L'enfant a peur : il revient vers sa mère qui le rassure.

Elle lui fait remarquer le dévouement de la poule qui ne craint pas de s'exposer à un danger pour défendre sa chère couvée.

L'enfant a sous les yeux un double exemple de l'amour maternel.

La poule fouille le sol, en retire des vermisseaux qu'elle distribue à sa famille.

Elle glousse avec tendresse ; elle égrène des épis et porte le grain devant le bec de ses petits.

L'enfant répand sur le sol une poignée de blé :

De nombreux pigeons sortent du colombier et viennent, en roucoulant, recueillir cette nourriture.

Puis l'enfant fait connaissance avec les oies et les canards qui nagent sur la mare voisine; avec le dindon qui fait la roue, le paon qui étale orgueilleusement les longues et riches plumes de sa queue, et la pintade dont les cris assourdissants paraissent lui être particulièrement agréables.

XI

LE JARDIN.

L'enfant visite le jardin que son père cultive.

Les allées, soigneusement ratissées sont recouvertes de sable fin.

Les plates-bandes sont garnies de légumes et de fleurs.

Les arbres fruitiers bien conduits, bien dirigés, entourent les carrés ou sont disposés en espalier contre les murs de clôture.

L'enfant reconnaît les choux, les oignons, les poireaux, les carottes, le persil, le cerfeuil que sa mère utilise pour la cuisine.

Le père lui nomme successivement les pruniers, les pêchers, les abricotiers, les cerisiers, les groseilliers.

Il lui désigne les pommiers, les poiriers, les amandiers qui donnent des fruits; les lilas et les rosiers qui donnent des fleurs.

Il entend le gazouillement d'un oiseau; et son père, écartant doucement quelques branches d'une touffe de noisetiers, lui montre un joli nid de chardonneret.

La femelle couve ses œufs; elle tourne sa tête fine et inquiète vers les visiteurs, mais elle ne fuit pas.

Le mâle chante, perché sur une branche voisine.

Dans un endroit entouré de fleurs

et bien exposé aux rayons du soleil, l'enfant aperçoit une ruche.

Il se précipite pour s'emparer des abeilles qui bourdonnent autour de leur demeure.

Le père le retient et lui explique le danger auquel il s'expose.

Il lui parle des laborieuses abeilles qui puisent dans le calice des fleurs le doux miel dont sa mère garnit ses tartines.

Le père et le fils vont se reposer sous un berceau couvert de clématites, de chèvre-feuille et de vigne vierge ;

Là sont rassemblés les outils du jardinier : La bèche, le rateau, la serpette, le sécateur ; là se trouvent également des cloches de verre, des châssis, des paillassons.

Mais l'enfant a hâte de retourner à la maison.

Il sera si heureux de répéter à sa mère tout ce qu'il a appris, tout ce qu'il a observé !...

XII

LA FERME.

Les affections de la famille sont pour l'enfant la source la plus pure et la plus vive du bonheur.

Elles contribuent dans une large mesure à former son éducation.

Sa raison se développe, son intelligence s'agrandit, ses connaissances s'étendent sans qu'il en résulte pour lui aucune peine, aucune fatigue.

Les leçons succèdent aux leçons, et les sujets ne manquent jamais.

Bientôt l'enfant ira à l'école et il

se réjouira en trouvant dans les livres tout ce que ses parents lui ont appris à observer.

Aujourd'hui il a été conduit à la ferme voisine, et il n'a cessé de marcher de surprises en surprises.

La fermière lui a fait boire une grande jatte de lait; puis, son fils aîné, vigoureux garçon de vingt ans, lui a servi de guide.

Voici d'abord de vastes hangards qui servent d'abris aux instruments et aux machines.

Ce sont les charrettes et les tombereaux pour conduire les récoltes, les charrues pour labourer la terre, les rouleaux pour l'écraser, les herses pour nettoyer le sol.

C'est la machine qui fauche l'herbe et moissonne le blé; c'est celle qui

sert à séparer le grain de la paille
et à le nettoyer.

Voici dans les granges des récoltes
entassées : le froment, le seigle,
l'orge, l'avoine.

Des tas énormes de foin, de paille,
de racines de toutes espèces, assurent aux bestiaux de la ferme une
abondante nourriture.

XIII

LES ÉTABLES.

Les animaux de la ferme sont
réunis dans de vastes étables.

Le fermier, dont ils sont la princi-
pale richesse, les entoure de soins
constants et les traite avec douceur.

La douceur envers les animaux
n'est-elle pas un devoir d'humanité?

Le bon maître ne fatigue pas

inutilement ses fidèles serviteurs;
il ne les soumet jamais à un travail
excessif.

L'écurie des chevaux, spacieuse
et bien aérée est pourvue d'auges
et de rateliers;

Celle des bœufs et des vaches est
également salubre et bien orientée;

La bergerie est percée de fenêtres
au midi et au nord; l'air y circule
librement et le sol est parfaitement
sec.

Les murailles des étables sont
soigneusement blanchies; le sol
est toujours jonché de paille fraî-
che.

Aussi les animaux s'y maintien-
nent en parfaite santé et assurent la
prospérité de la ferme.

Ils sont dociles et reconnaissants:
Leur maître les gouverne à son gré·

sans avoir recours au fouet ou à l'aiguillon.

XIV

LE CHEVAL.

Encouragé par son guide, l'enfant caresse de sa petite main la croupe luisante d'un beau cheval.

C'est le favori de la ferme, celui qui à l'occasion porte son maître et traîne la voiture rustique.

Le cheval est susceptible d'intelligence et de sensibilité.

Il sait aimer ou haïr, suivant les traitements qu'on lui fait subir.

Son hennissement exprime tantôt l'allégresse ou le désir, tantôt la colère ou la douleur.

Doué d'une excellente mémoire, il retrouve bien mieux que son

conducteur le chemin qu'il a parcouru.

C'est grâce à son instinct qu'il a
plus d'une fois, dans les ténèbres,
maintenu dans la bonne voie un
cocher incapable de se diriger lui-
même.

Il reconnaît, même après plusieurs années, l'auberge où il s'est
reposé; il la salue en passant d'un
hennissement joyeux.

Il sort seul de l'écurie pour aller
à l'abreuvoir, vient se faire harna-
cher, se place de lui-même entre
les timons de la voiture où il doit
être attelé.

Le cheval d'un homme charitable
s'arrêtait quand il voyait un pauvre,
et ne voulait repartir que lorsque
le malheureux avait reçu une
aumône.

Ses qualités exceptionnelles, sa douceur, sa bonté, le rendent apte à apprendre tout ce que peuvent savoir les animaux les plus intelligents.

Il vit en bonne harmonie avec ses compagnons, et on a eu des preuves incroyables de son dévouement et de sa sensibilité.

Un cultivateur possédait un cheval âgé dont les dents étaient usées au point de ne pouvoir plus mâcher le foin et broyer l'avoine.

Cet animal était nourri par deux chevaux, ses voisins, qui plaçaient devant lui, après les avoir broyés, les aliments qui lui étaient nécessaires.

On raconte du cheval des merveilles d'affection : Il se penche attristé sur le cadavre de son maître, le regarde, le flaire, ne veut pas le quitter et lui reste attaché jusqu'après la mort.

Est-il possible de trouver un compagnon plus fidèle, un ami plus dévoué !...

XV

LE BŒUF ET LA VACHE.

L'enfant s'approche en tremblant du bœuf aux longues cornes, aux jambes nerveuses, à la puissante encolure.

Il se sent si petit à côté du robuste animal dont les grands yeux se fixent sur lui avec étonnement.

Il est plus rassuré à la vue de la vache et du petit veau.

Dans toutes les contrées du monde où l'agriculture est en honneur, le bœuf est considéré comme le serviteur le plus utile à l'homme.

Cet animal, peu intelligent, est cependant susceptible d'éducation : Il obéit à la voix qui le commande et s'attache à celui qui le soigne.

Il devient triste et ne travaille pas avec la même ardeur, quand on le sépare de son compagnon.

Le bœuf traîne la lourde charrue : Il est le plus précieux auxiliaire de l'homme pour labourer la terre.

Son allure est moins vive que celle du cheval ; mais elle est plus uniforme, et ses mouvements, moins saccadés, permettent de tracer des sillons plus réguliers.

Le bœuf n'est pas moins utile après sa mort :

Il nous fournit un de nos principaux aliments.

Sa peau tannée, chamoisée est l'objet d'un grand commerce.

Ses poils sont filés et employés sous le nom de bourre à faire des tissus grossiers.

Ses cornes et ses sabots servent à confectionner des peignes, des tabatières, des manches de couteaux, etc.

Son sang est utilisé pour clarifier les vins et les sirops, et pour raffiner le sucre.

Ses os sont recherchés pour l'extraction de la gélatine et ensuite transformés en noir animal.

Sa graisse entre dans la fabrication des chandelles et du savon.

La vache, dont l'enfant remarque la tendresse pour son petit veau, nous donne d'excellent lait, du beurre et du fromage.

Son naturel est plus doux, plus affectueux que celui du bœuf.

La vache conductrice d'un troupeau semble pénétrée de son importance.

Elle agite sa clochette, marche avec solennité, regarde souvent en arrière et ne permet à aucun autre animal de la devancer.

XVI

LES MOUTONS.

L'enfant folâtre avec les jolis petits agneaux, d'une blancheur de neige, qui cherchent à fuir en bêlant.

Il veut grimper sur le dos d'un bélier qui bondit et le désarçonne.

Le fils de la fermière lui ouvre un passage à travers le troupeau.

Le mouton est doux, tranquille, patient, peureux, sans volonté.

Les soins du berger lui sont indispensables et doivent être continus.

Cet animal manque d'intelligence et ne saurait lui-même éviter un danger ou se tirer d'embarras.

Il périrait bientôt sans la protection de l'homme.

Le moindre bruit inconnu met la panique dans le troupeau; et pendant les orages, quand la foudre gronde, les moutons s'étouffent en se pressant les uns contre les autres.

Malgré leur apparence de stupidité, ils aiment la musique et paraissent écouter avec plaisir le chalumeau du berger.

La chair du mouton est très estimée ; sa toison nous fournit des vêtements.

La peau, dépouillée de la laine, est employée à d'importants usages.

On en prépare un cuir souple et mince qui sert à relier des livres, à confectionner des gants, à doubler les chaussures, etc...

XVII

LA CHÈVRE.

Après les moutons, c'est la chèvre et les petits chevreaux, dont l'enfant admire la gentillesse et la légèreté.

La chèvre est gaie, capricieuse et vagabonde : Elle éprouve toujours le besoin de grimper quelque part ;

elle ne connaît pas le vertige et se couche tranquillement au bord des abîmes.

Les chèvres peuplent les endroits les plus déserts, et animent les paysages les plus tristes et les plus sauvages. Leur sobriété est si grande que leur entretien ne coûte presque rien.

Elles ont de l'attachement pour l'homme; se montrent affectueuses et sensibles aux caresses.

L'intelligence de ces animaux est développée ; elles savent interpréter les paroles de leur gardien, et on en voit qui sont dressées à grimper dans des échelles, à descendre la tête en bas et à obéir à toutes sortes de commandements.

La chèvre donne un lait déli-

cieux dont on fabrique d'excellents fromages.

Avec sa graisse on fait du savon
et de la chandelle ; et si sa chair
n'est guère en usage, on utilise
dans l'industrie sa peau, son poil
et ses cornes.

XVIII

LE SENTIER.

L'enfant est émerveillé de tout
ce qu'il a vu, de tout ce qu'il a
appris à la ferme ;

La journée est en partie écoulée :
Son père est là pour le reconduire ;

Il remercie ses hôtes et se remet
en route.

Les surprises qui l'attendent le
long du sentier tortueux que son
père lui fait suivre le jettent d'é-

tonnement en étonnement, et lui arrachent sans cesse des exclamations joyeuses.

De jolis lézards, gris ou verts, que le père lui apprend à respecter et à ne pas craindre, se chauffent paresseusement au soleil qui brille encore d'un vif éclat.

Des merles craintifs partent bruyamment du buisson et fuient à tire-d'aile en jetant une note inquiète ;

Un rouge-gorge plus confiant se laisse approcher de si près que l'enfant se croit à chaque instant sur le point de le saisir.

Des insectes dorés se cachent dans l'herbe pour se soustraire à sa poursuite ;

Une guêpe dangereuse attache le nid de sa future famille à une branche d'aubépine en fleurs.

Il court après les légers papillons qui lui échappent toujours lorsqu'il va s'en emparer, et qui semblent se moquer de lui en disparaissant de l'autre côté de la haie :

Il y en a de blancs, il y en a de bleus ; et on en voit des rouges, des noirs, des jaunes : quelques-uns réunissent à la fois toutes ces couleurs.

Qu'ils sont beaux, mon Dieu !... Comme la richesse de leurs vêtements de pourpre et de rubis excitent sa convoitise !

Fatigué de ses courses infructueuses, l'enfant cueille des fleurs dont il veut faire un bouquet qu'il offrira à sa bonne mère.

Mais il veut connaître les noms de ses faciles conquêtes, et le père lui nomme successivement la marguerite et la violette, le chèvrefeuille et le liseron, la sauge et le bouton d'or, la pervenche et le coquelicot.

Il veut aussi cueillir des églantines dont les riches corolles s'épanouissent dans le buisson :

Il se pique cruellement; les pauvrettes sont défendues.

Le sang coule de son doigt, **et** il est forcé d'abandonner les jolies fleurs.

Le père lui fait remarquer qu'il en est ainsi dans tout le cours de notre vie :

Nos joies ne sauraient être parfaites, et nos plaisirs sont toujours mélangés de quelques peines.

XIX

LE RETOUR.

La douleur causée par les aiguillons de l'églantier est vite oubliée;

L'enfant arrive tout joyeux et embrasse sa mère.

Il est tout fier quand il dépose sur ses genoux les jolies fleurs qu'il a cueillies.

En échange de son attention, l'enfant reçoit quelques bonnes caresses qui lui semblent plus douces, après une absence de tout un jour !

Il veut raconter l'emploi de son temps, et parle tour à tour des aboiements des chiens qui l'ont effrayé, de la réception bienveillante de la fermière, des longues cornes des bœufs et des vaches, de la douceur des agneaux et des brebis.

Il croit poursuivre encore les oiseaux qui fuyaient à son approche, les insectes dont il n'a pu s'emparer.

Les fatigues d'une journée si bien remplie le sollicitent au repos : Ses yeux se ferment, malgré tous ses efforts pour rester éveillé.

Mais il va revoir pendant son sommeil toutes les merveilles qui ont si vivement frappé sa jeune imagination.

Le lendemain à son réveil, il demande quand il lui sera permis de retourner à la ferme.

XX

CONSEILS ET HISTOIRES.

Les bonnes promenades à travers champs, le grand air, l'exercice, fortifient la santé de l'enfant, en même temps que son intelligence se développe et que ses connaissances s'étendent.

À la maison, les conseils du père et de la mère, les belles histoires qu'ils lui racontent, contribuent à orner son esprit et à former son cœur.

Quoi qu'il soit encore bien jeune, ils lui font connaître les nombreux devoirs qu'il aura à remplir, les obligations de toutes sortes qui s'imposent à tous les hommes pendant le cours de leur carrière.

Ils veulent que l'enfant soit armé de toutes pièces pour le combat de la vie!

Ils s'efforcent de lui faire contracter ces habitudes généreuses qui honorent à un même degré toutes les conditions.

XXI

DEVOIRS.

L'enfant doit aimer son père et sa mère; mais il doit surtout aimer Dieu qui est l'auteur de toutes choses.

C'est lui qui fait croître les plantes, verdir les arbres, grandir l'enfant;

C'est lui qui nous donne le pain de chaque jour, les animaux de la ferme, les oiseaux de la basse-cour;

C'est lui qui parle à la conscience de l'enfant, qui ne s'est pas rendu indigne de l'entendre.

L'enfant, dont la conscience est pure et tranquille, trouve du charme à tout ce qui l'entoure ; mais nul ne peut être heureux s'il ne jouit de sa propre estime.

Il n'y a pas de honte à revenir d'une erreur qu'on reconnaît et qu'on regrette ; l'orgueilleux seul ne veut jamais s'avouer qu'il a pu se tromper.

Il faut s'habituer à ne pas juger sur de simples apparences, et veiller avec soin sur le choix de ses camarades :

« La compagnie des honnêtes gens est un trésor.

» Le bon exemple dispose les âmes au bien ; il s'en répand une

émanation encourageante et salu-
taire; c'est un meilleur air qui rend
plus sein et plus fort. »

Aussi l'adage populaire sera toujours vrai : « Dis-moi qui tu fré-
quentes, je te dirai qui tu es. »

L'enfant ne doit jamais oublier
que l'étude chasse l'ennui, distrait
le chagrin, étourdit la douleur,
anime et peuple la solitude.

C'est un grand bien que de s'amu-
ser; mais c'en est un bien plus grand
de s'instruire.

De tous les vices, le plus odieux,
le plus dangereux, peut-être, c'est
l'orgueil : La sottise et la vanité
sont deux sœurs qui se quittent
peu.

Il ne faut jamais rougir de son
premier état, ni de l'humble con-
dition de ses parents.

Il n'y a pas de conditions si dures où l'homme raisonnable ne trouve quelques consolations : C'est être riche que de se contenter de ce qu'on a. Il faut s'estimer heureux, quand on a le nécessaire : La fortune, les richesses, les monceaux d'or ne guérissent ni les maladies du corps, ni celles de l'âme.

XXII

LE NUAGE.

L'enfant va visiter la grande forêt; son père l'accompagne. Ils marchent depuis une demi-heure, lorsque le ciel se couvre de nuages et que la pluie les oblige à chercher un abri dans la cabane d'un bûcheron.

— Qu'est-ce que les nuages,

d'où vient la pluie? interroge l'enfant.

— Les eaux de la mer, celles des fleuves, des rivières et des ruisseaux, chauffés par les rayons du soleil, se réduisent en vapeurs, forment cette espèce de fumée qui monte dans l'air et donne naissance aux nuages.

— Où va-t-il celui de ces nuages qui court là-bas, dans le ciel, au-dessus des arbres qui bordent la route ?

— Il va où l'emporte le vent... En chemin il rencontrera d'autres nuages, ses frères, et tous réunis, ils formeront une mer légère qui flottera dans les hauteurs du ciel

Quelquefois la rencontre des nuages produit le tonnerre, cette grande voix de Dieu qui ne doit pas effrayer l'enfant dont la conscience est pure.

La foudre a, comme toutes choses, son utilité.

Pendant sa course, le petit nuage que tu as remarqué prodiguera ses eaux à la source tarie; il remplira la fontaine que le vent d'est a desséchée.

Il rendra la vie aux plantes que les souffles brûlants ont flétries; il fera épanouir les fleurs, et fécondera le sillon du laboureur.

Ensuite, il disparaîtra, il ne restera plus rien de lui; mais il aura rempli la mission que lui avait confié la Providence, et il aura passé en faisant le bien.

———

XXIII

LA FORÊT.

La pluie avait cessé; mais il n'aurait pas été prudent de s'aventurer dans la forêt : Le bûcheron servit de guide à ses hôtes. Il leur fit suivre de jolis sentiers qui ne ressemblaient guère à celui que l'enfant avait parcouru quelques jours plus tôt.

Ce n'étaient plus des buissons d'aubépine et de chèvre-feuille, mais de grands arbres dont les cimes, en s'enchevêtrant, formaient une voûte qui interceptait la lumière du soleil.

Voici le chêne, ample et majestueux, dont le bois et l'écorce sont précieux pour l'industrie, et dont les glands servent à l'engraissement des animaux.

Le hêtre qui rivalise de beauté avec le chêne, et qui forme, sur le revers des montagnes, les plus belles forêts qu'on puisse imaginer. Le feuillage du hêtre, disposé en vaste cime arrondie, produit un merveilleux effet de lumière, quand il est frappé par les rayons obliques du soleil couchant. Les faînes du hêtre sont la providence des animaux de la forêt.

Le châtaigner dont les fruits excellents sont protégés par des épines. Son port, sa forme touffue, son feuillage ample, luisant, fortement veinés, ses rameaux allongés comme de grands bras, en font un de nos plus beaux arbres.

Le charme, moins élevé que le

chêne, mais qui, avec son écorce unie et grisâtre, parsemée de taches de lichens, ses feuilles ridées et ovales, s'associe merveilleusement avec lui.

Cet arbre, dont l'écorce est d'une blancheur éclatante, c'est le bouleau. Rien n'est plus beau, au printemps, que la délicatesse de son feuillage d'un vert tendre qui apparaît quand les autres arbres sont encore dépouillés de leurs feuilles.

Là-bas, au bord du ruisselet où viennent se désaltérer les animaux de la forêt, c'est l'aulne avec ses feuilles arrondies et dentées, d'un vert sombre.

Tout près de l'aulne, cet arbre moins élevé, aux rameaux grisâtres garnis de feuilles ovales, c'est le saule marceau.

Voici le peuplier-tremble dont les rameaux souples forment une tête large et arrondie. Ses feuilles cotonneuses, un peu plus larges que longues, sont agitées par le moindre souffle et produisent le bruit singulier que nous entendions depuis un instant.

Ici, c'est le peuplier d'Italie facile à reconnaître à ses branches dressées très-rapprochées du tronc et formant, par leur ensemble, une longue et étroite pyramide.

XXIV

LA FORÊT. — (SUITE.)

La belle nature, les vastes horizons enthousiasment la jeune imagination de l'enfant.

Il répète les noms qu'il vient

d'apprendre, se tourne et se retourne pour les appliquer à propos aux arbres qu'ils servent à désigner.

Après quelques moments de repos, la promenade recommence dans les sentiers ombreux de la forêt :

Voici l'orme, très-rare dans les bois, plus commun au bord des routes et dans les promenades publiques.

Le frêne qui croît plus particulièrement dans les clairières ou sur la lisière de la forêt et dans la cîme arrondie, a été dévasté par de nombreux essaims de cantharides.

Cet arbre dont l'écorce se détache du tronc par bandes transversales, c'est le platane.

Voici l'érable dont le fruit, semblable à une libellule, porte deux ailes membraneuses.

L'acacia avec ses belles fleurs blanches disposées en grappes, et dont le fruit est disposé comme celui des haricots.

Ici, dans le fourré, voici le sorbier des oiseaux, avec ses baies d'un rouge écarlate qui produisent un si bel effet, pendant l'hiver, quand la terre est couverte de neige.

Le cormier dont les fruits d'un jaune rougeâtre ressemblent à de petites poires.

L'olivier avec ses feuilles luisantes et ses grappes de fruits encore verts.

Plus loin, ce petit arbre, à la tige tortueuse, que nous avons déjà rencontré dans les buissons d'aubépine, est un néflier dont le fruit assez gros porte une espèce de couronne.

Voici des pommiers et des poiriers sauvages qui pourraient, s'ils étaient cultivés avec soin, produire des fruits savoureux, comme les espèces de nos jardins.

Ici ce sont des houx avec leurs fruits arrondis, d'un rouge écarlate, et leurs feuilles hérissées d'épines; des nerpruns au feuillage d'un vert-sombre; des fusains dans les fruits, en forme de tricorne, attirent l'attention.

Là des bourdaines aux nombreux rameaux; à côté un sureau avec ses jolies feuilles et ses corymbes de fleurs blanches, et une viorne dont les tiges flexibles et sarmenteuses étouffent dans leurs replis les arbrisseaux voisins.

XXV

LES ANIMAUX DE LA FORÊT.

On a dit à l'enfant que de nombreux animaux peuplent la forêt, que quelques-uns habitent de mystérieuses solitudes dans des fourrés impénétrables.

Il a vu dans les branches des arbres, des rossignols et des fauvettes, des grives et des merles, des chardonnerets, des pinsons et des rouges-gorges; il connaît les moineaux et les hirondelles, les pics et les geais, les roitelets et les grimpereaux; il a vu des linotes, des verdiers, des huppes et des coucous.

Il sait maintenant que la plupart de ces oiseaux construisent de jolis nids comme celui qu'il a vu dans le jardin de ses parents, que d'autres se préparent des demeures plus grossières, mais presque toujours très-confortables.

Il est presque effrayé quand le bûcheron lui apprend que les profondeurs de la forêt cachent des loups qui ressemblent à des chiens, mais qui sont souvent fort dangereux.

Des renards qui dévastent les basses-cours, et massacrent les poules et les coqs, les dindons et les canards.

Il apprend avec terreur que dans l'herbe, sous la mousse et les feuilles, se glissent des reptiles dont beaucoup sont inoffensifs, mais dont quelques-uns font des morsures quelquefois mortelles.

Mais il y a aussi dans la forêt des

cerfs et des chevreuils, magnifiques animaux que les chasseurs poursuivent au son de bruyantes fanfares.

Il y a des sangliers que les hommes les plus courageux n'abordent pas sans crainte.

Le bûcheron lui montre, tout au haut d'un grand chêne, un joli écureuil qui saute de branche en branche, et dont les mouvements gracieux sont aussi rapides que ceux d'un oiseau.

Il y a encore dans la forêt des lièvres et des lapins, animaux inoffensifs, toujours traqués, poursuivis, et dont toute l'existence se passe à éviter les piéges, les embûches semés sous leurs pas.

Et, avec cela, tout un monde d'insectes, de papillons, de mouches, de scarabées :

Chaque arbre en nourrit plusieurs espèces; et toute végétation ne tarderait pas à disparaître, si les oiseaux ne se chargeaient de modérer la multiplication de tous ces petits êtres dont les plus brillants sont quelquefois les plus dangereux.

XXVI

DEVOIRS ET CONSEILS. — (SUITE.)

L'enfant ne saurait trop tôt être pénétré de tous ses devoirs, et le moment est venu de l'initier à la pratique de la vertu.

Une manière de vivre simple et frugale conserve la santé, entretient le calme de l'âme et assure l'indépendance.

Être sobre n'est pas une grande

vertu, mais c'est un grand défaut
que de ne l'être pas.

La colère est un accès de dé-
mence : Il faut être plus prompt
à étouffer un ressentiment qu'à
éteindre un incendie.

La paix intérieure réside dans
la volonté. On la conserve au mi-
lieu des douleurs les plus amères,
tant que la volonté demeure ferme
et soumise.

La douleur te vaincra, si tu
faiblis; c'est toi qui la vaincras,
si tu as le cœur ferme.

Il n'est pas un spectacle plus
digne d'être contemplé que celui
de l'homme juste et courageux
aux prises avec l'adversité.

L'homme courageux attend le
péril avec calme, et ne s'y expose que quand l'honneur et le

devoir le lui commandent; mais une fois aux prises avec le danger, rien ne l'arrête.

La faiblesse n'est pas le vice, mais elle y conduit; l'homme méchant fait le mal, l'homme faible le laisse faire.

La persévérance, c'est-à-dire la constance à poursuivre ce qu'on a commencé, est une qualité au moyen de laquelle on vient à bout de tout.

Dieu a placé le travail comme sentinelle de la vertu : L'oisiveté nous lasse plus promptement que le travail. L'ennui est entré dans le monde par la paresse. Ne remets jamais à demain, ce que tu peux faire aujourd'hui.

Quand on aime la vie, on ne pro-

digue pas le temps; car le temps
est l'étoffe dont la vie est faite.

La prudence consiste dans l'art
de se bien conduire. Agir sans avoir
réfléchi, c'est se mettre en voyage
sans avoir fait ses préparatifs.

Si tu veux qu'on pense et qu'on
dise du bien de toi, ne dis jamais
de mal de personne.

Pour bien parler, il faut parler
peu :

L'on se repent rarement de parler
peu, très souvent de trop parler.
Tout le monde connaît cette maxime;
il est peu de personnes qui la pra-
tiquent.

Si tu veux devenir riche, n'ap-
prends pas seulement comment on
gagne, mais sache aussi comment
on ménage.

Sans l'économie, il n'y a point

de grandes richesses; avec de l'é-
conomie, il n'y en a point de
petites.

XXVII

LA SOURCE ET LE RUISSEAU.

L'air est tiède et parfumé; les
oiseaux du bon Dieu gazouillent;
ils chantent la gloire du Maître qui
les a créés.

La famille est assise à l'ombre
d'un vieux saule dont les rameaux
forment un abri à une jolie source.

Elle sort de terre en bouillonnant;
elle est la mère du ruisseau qui
donne la fraîcheur et la vie aux
arbres de la prairie.

Vois, enfant, dit la mère, comme
la Providence a bien fait toutes
choses.

Sans ce filet d'eau, la vallée serait stérile; sans lui, des milliers de créatures ne pourraient exister.

C'est à la source que le nénuphar doit ses larges feuilles vertes et ses grandes fleurs blanches.

C'est encore à la source que ce myosotis doit ses gracieuses fleurettes d'azur, et la bugle, l'élégante aigrette bleue qu'elle dresse vers le ciel.

L'écrevisse s'étend paresseusement sur les cailloux blancs ou roses qui forment son lit.

L'épinoche poursuit sa proie dans son eau limpide et construit son petit nid dans les herbes aquatiques qui tapissent ses bords.

Ce ruisselet, dont le murmure ressemble aux vagissements d'un enfant qu'on éloigne de sa mère, baigne des touffes de cresson et de véronique.

Il court là-bas, bien loin, se perdre dans la grande rivière. La rivière le conduira au fleuve, et de là il coulera jusque dans l'Océan.

Que deviendra notre goutte d'eau, dans cet abîme immense?

Les rayons du soleil, en chauffant la surface de la mer, la réduiront en vapeur. Elle montera dans l'air pour former un nuage, et reviendra peut-être alimenter de nouveau notre jolie source que le vieux saule continuera de couvrir de son ombre protectrice.

———

XXVIII

CONSEILS ET DEVOIRS. — (SUITE.)

La justice est la source commune de toutes les vertus sociales; elle est le lien sacré de la société humaine.

Quand la justice règne, la foi se trouve dans les traités; la sûreté dans les affaires; l'ordre dans la police; la terre est dans la sécurité.

La probité peut suppléer à beaucoup d'autres qualités; mais, sans elle, aucune qualité n'a de valeur.

Il ne faut jamais se fier à ceux qui manquent de probité.

Il ne faut pas toujours dire ce que l'on pense; mais il faut toujours penser ce que l'on dit.

L'homme qui donne des mensonges pour des vérités est coupable comme celui qui donne de la fausse monnaie pour de la bonne.

La reconnaissance est un sentiment qui attache au bienfaiteur; l'ingratitude est un vice contre nature : les animaux mêmes sont reconnaissants.

Il est triste et maladroit de s'aimer tout seul; si l'on ne fait jamais rien pour les autres, on ne doit attendre d'eux ni reconnaissance, ni amitié, ni secours.

C'est n'être bon à rien que de n'être bon qu'à soi.

« Quand je rends service, disait un sage, je ne crois pas accorder une faveur, mais payer une dette. »

La satisfaction qu'on tire de la vengeance ne dure que peu de moments; mais celle que produit la clémence ne finit jamais.

La pitié ne doit cesser que là où cesse la douleur.

La cruauté envers les animaux rend le cœur insensible aux souffrances des hommes.

Le riche ne doit se considérer que comme le dispensateur des biens que la Providence lui a confiés.

Le bonheur des riches ne consiste pas dans les biens qu'ils ont, mais dans le bien qu'ils peuvent faire.

Prends de bonne heure l'habitude de la bienfaisance, mais d'une bienfaisance éclairée par la raison.

XXIX

LE PAIN.

L'enfant veut connaître l'histoire du pain que le père gagne à la sueur de son front.

Il a vu le laboureur qui traçait son sillon :

Deux grands bœufs roux traînaient péniblement la charrue qui retournait la terre.

Des corbeaux, des pies et des bergeronnettes butinaient sur le sol encore humide.

Le laboureur préparait à la future récolte un lit bien doux, bien léger, pour qu'elle pût étendre, sans efforts, ses racines délicates.

Le lendemain, le laboureur, puisant dans une corbeille des poignées de blé, parcourait son champ à grands pas et répandait le grain sur les sillons.

Les oiseaux le suivaient encore et prélevaient un faible tribut sur la semence qu'ils auront ensuite mission de protéger.

Cette fois, les bœufs traînaient un grand râteau qui recouvrait le blé.

Plus tard l'enfant retourna au champ : Il avait l'aspect d'une vaste prairie.

Plus tard encore, il voulut le revoir : Il reconnut le blé qu'on lui avait montré à la ferme ; le blé, cette plante bénie qui nous donne le pain.

De longs tuyaux, appelés chaume, supportaient à leur extrémité de lourds épis remplis de grains.

Malgré les précautions du laboureur pour purger son champ des mauvaises herbes, le coquelicot, le bluet et la nielle se détachaient admirablement sur le ton fauve de la moisson.

XXX

LE PAIN. — (SUITE.)

Pour satisfaire la curiosité de l'enfant, le père reprend l'histoire du pain :

Quand les épis sont dorés et que la paille a blanchi, on recueille la précieuse récolte.

Des moissonneurs, armés de faucilles, coupent le blé qu'ils déposent sur le sol : D'autres travailleurs le réunissent en gerbes.

Les gerbes, chargées sur des

charrettes, sont portées à la ferme
et mises à l'abri dans des granges.

La moisson terminée, les culti-
vateurs étendent le blé sur une
aire bien dure : Ils frappent en
cadence avec leurs fléaux et sépa-
rent le grain de la paille.

Puis, ils achèvent de le nettoyer
de la poussière, des graines de
nielle et de coquelicot, en le van-
nant.

Lorsqu'il est propre et luisant,
on le conduit au moulin dont les
meules l'écrasent, le broient, le
réduisent en farine.

Cette jolie farine, bien blanche,
est séparée du son, c'est-à-dire de
l'écorce jaune du blé, à l'aide d'un
blutoir.

C'est une espèce de tamis de

toile claire que l'on maintient dans une agitation continuelle.

La farine passe à travers les mailles de l'étoffe; et le son, qui est trop gros, va tuter à l'extrémité du blutoir.

Ensuite, enfant, la farine est pétrie avec de l'eau et un peu de levain : On porte la pâte dans un four bien chaud; et, au bout de quelque temps, on en retire ces pains appétissants et savoureux dont ta mère te fait d'excellentes tartines.

Tu le vois, nous devons le pain à l'épi que Dieu fait croître avec sa pluie et sa rosée, et qu'il mûrit avec son soleil.

Ne l'oublie jamais, quand tu dis dans ta prière : « Donnez-nous, aujourd'hui, notre pain quotidien. »

XXXI

CONSEILS ET DEVOIRS. — (SUITE.)

Il n'est pas nécessaire d'être riche pour être bienfaisant : Les pauvres ont plus de mérite que les riches à exercer la charité, car ceux-ci ne donnent guère que leur superflu, et les pauvres, pour donner, prennent sur leur nécessaire.

La France est tellement féconde en âmes généreuses, que toutes les fois qu'un danger extraordinaire éclate, il se manifeste sur-le-champ un dévouement extraordinaire.

Celui qui fait ce qu'il doit est juste; celui qui fait plus qu'il ne doit est généreux.

En rendant le mal pour le mal, vous imitez ce que vous condamnez.

L'enfant aime son père et sa mère, ses frères et ses sœurs; il aime la chaumière où il est né, le coin de terre qu'il a souvent parcouru, le petit jardin qu'il a cultivé.

Combien plus ne doit-il pas aimer la France qui résume en elle toutes ces affections.

Chacun doit sacrifier sans regret, à la patrie, les biens que la Providence lui a départis.

Quand il s'agit de servir la patrie, toutes les inimitiés doivent cesser, toutes les affections doivent se taire.

Heureux l'enfant que son père conduit à la perfection, bien moins par la voie longue et difficile des préceptes, que par le chemin court et facile des exemples.

XXXII

LA VILLE ET LES CHAMPS.

L'enfant revenait tout joyeux de la ville.

— Que c'est beau, père, que c'est beau! disait-il, en embrassant ses parents!

— Tu voudrais donc habiter la ville? demanda doucement le père.

— Oh! oui, je voudrais l'habiter avec vous : On y voit tant de belles choses !

D'abord il y a de larges rues, bordées de trottoirs, d'où l'on peut, sans danger, voir circuler les belles voitures.

— Enfant, n'as-tu pas ici de jolis trottoirs de verdure, bien plus doux à tes petits pieds?

— Et puis, père, il y a de beaux, magasins, de riches étalages de jouets de toutes espèces, que les enfants peuvent regarder.

— Ces étalages font naître des désirs que tu ne pourrais satisfaire. Mais là, enfant, n'as-tu pas des jouets de toutes sortes qui ne te coûtent rien? N'as-tu pas la branche du saule pour te faire des sifflets et des trompes; les osiers flexibles pour te tresser des paniers et des corbeilles?

N'as-tu pas les mûres et les fraises, les fruits de notre jardin, les papillons aux ailes d'or, les jolies fleurs qui semblent te sourire du fond de leur calice d'azur, de pourpre et de rubis?

— Père, j'ai vu, là-bas, de belles fontaines de marbre et de bronze, qui versent leurs eaux dans d'élégants bassins.

— Et là, enfant, n'as-tu pas les ruisseaux et les sources, les fontaines et les cascades; l'eau limpide de notre paisible rivière?

— J'ai vu passer des soldats; j'ai entendu d'éclatantes fanfares.

— Ecoute, enfant, tout près de nous, dans le grand bois : C'est le cor qui retentit; c'est la fanfare des chasseurs que les habitants des villes n'entendent pas.

— Père, j'ai vu dans une salle brillante de nombreux musiciens; ils chantaient comme les anges doivent chanter dans le ciel !

— Ecoute, enfant; écoute encore !...

Les fanfares se sont éloignées...

J'entends l'hirondelle qui ga-

zouille sous notre toit, le merle et
la grive qui sifflent dans les buissons fleuris.

J'entends l'alouette qui porte
jusqu'au soleil ses divines harmo-
nies; j'entends le rossignol qui jette
aux échos de la vallée ses inimita-
bles chansons.

— Père, quand la nuit fut venue,
toute la ville s'illumina!

— Ce soir, enfant, nous contem-
plerons le ciel! Nous nous promè-
nerons sous ce grand dôme étince-
lant, à la douce clarté de la lune et
des étoiles!

L'enfant qui n'avait pas encore su
apprécier toutes les splendeurs d'une
belle nature, se jeta confus dans
les bras de son père.

Désormais, il avait fait un choix;

il voulait habiter la tranquille campagne où la Providence l'avait fait naître.

XXXIII

CONSEILS ET DEVOIRS. — (SUITE ET FIN.)

L'amitié que vous avez pour vos semblables doit commencer à se manifester en vous dans toute sa perfection, à l'égard de vos frères et de vos sœurs.

Il faut regarder ses serviteurs comme des amis malheureux, et se souvenir qu'on ne doit qu'au hasard la différence qui existe entre leur position et la sienne.

Trompées par l'instabilité de la fortune, des familles heureuses et riches tombent soudain précipitées dans une misère absolue.

Un homme, pour être vraiment digne de commander, doit tâcher d'être meilleur que ceux à qui il commande.

L'honneur est pour le soldat français ce que la crainte des châtiments ou le désir des récompenses est pour d'autres.

Quand la science se dévoue au service de l'humanité, elle devient une vertu.

L'agriculteur laborieux mérite la protection et l'estime de toutes les classes de la société.

Pour que l'éducation d'un enfant réussisse, il faut, avant tout, qu'il soit docile et appliqué.

La réception que vous ferez à vos

hôtes devra toujours être affectueuse, polie et empressée : Les droits de l'hospitalité sont sacrés.

L'amitié est un besoin de l'âme : C'est le plus noble besoin des âmes les plus belles.

Il n'y a que les insensés qui méprisent la sagesse et l'instruction ;

Si les méchants veulent vous séduire par leurs discours, refusez de les entendre, et gardez-vous de marcher dans leur sentier, car leurs pieds courent au mal.

Ne détournez personne de faire du bien à ceux qui sont dans le besoin ; soulagez-les vous-mêmes autant qu'il sera en votre pouvoir.

Appliquez-vous à garder pur votre cœur qui est la source de la vie.

Que vos yeux regardent droit devant vous, et, quand vous marchez au bien, ne vous détournez ni à droite, ni à gauche.

**FIN DES PREMIÈRES LECTURES
DE L'ENFANT.**

LA NEIGE

((Extrait de *l'Ami des Enfants.*)

Après plusieurs annonces trom-
peuses de son retour, le printemps était enfin arrivé. Il souf-
flait un vent doux qui réchauffait
les airs. On voyait la neige se
fondre, les gazons reverdir, et les
fleurs percer la terre : on n'entendait que le chant des oiseaux.
La petite Louise était déjà allée à
la campagne avec son père. Elle
avait entendu les premières chansons des pinsons et des merles,

(84)

et elle avait cueilli les premières
violettes. Mais le temps changea
encore une fois. Il s'éleva tout-à-
coup un vent du nord violent,
qui sifflait dans la forêt, et cou-
vrait les chemins de neige. La
petite Louise entra toute tremblot-
tante dans son lit, en remerciant
Dieu de lui avoir donné un gîte
si doux, à l'abri des injures de
l'air.

Le lendemain matin, lorsqu'elle
se leva, ah! tout, tout était blanchi.
Il était tombé pendant la nuit une
si grande quantité de neige, que
les passants en avaient jusqu'aux
genoux. Louise en fut attristée.
Les petits oiseaux le paraissaien
bien davantage. Comme toute la
terre était couverte à une grande
épaisseur, ils ne pouvaient trouver

aucun grain, aucun vermisseau pour apaiser leur faim.

Tous les habitants emplumés des forêts se réfugiaient dans les villes et dans les villages, pour chercher des secours auprès des hommes. Des troupes nombreuses de moineaux, de linottes, de pinsons et d'alouettes s'abattaient dans les chemins et dans les cours des maisons, et furetaient des pattes et du bec dans les amas de débris, afin d'y trouver quelque nourriture.

Il vint près d'une cinquantaine de ces hôtes dans la cour de la maison de Louise. Louise les vit, et elle entra toute affligée dans la chambre de son père. Qu'as-tu donc, ma fille? lui dit-il. Ah! mon papa, lui répondit-elle, ils sont tous là dans la cour, ces pauvres

oiseaux qui chantaient si joyeuse-
ment il n'y a que deux jours. Ils
semblent transis de froid, et ils de-
mandent de quoi manger. Voulez-
vous me permettre de leur donner
un peu de grain?

— Bien volontiers, lui dit son
père. Louise n'en attendit pas davantage. La grange était de l'autre
côté du chemin : elle y courut
avec sa bonne chercher des poignées de millet et de chenevis,
qu'elle vint ensuite répandre dans
la cour. Les oiseaux voltigeaient
par troupes autour d'elle, et cher-
chaient le moindre petit grain.
Louise s'occupait à les regarder et
elle en était toute réjouie. Elle alla
chercher son père et sa mère pour
venir aussi les regarder, et se ré-
jouir avec elle.

Mais ces poignées de grains furent bientôt dévorées. Les oiseaux s'envolèrent sur les bords des toits, et ils regardaient Louise d'un air triste, comme s'ils avaient voulu lui dire : N'as-tu rien de plus à nous donner?

Louise comprit leur langage. Elle part aussitôt comme un trait, et court chercher de nouveaux grains. En traversant le chemin, elle rencontra un petit garçon qui n'avait pas, à beaucoup près, un cœur aussi compatissant que le sien. Il portait à la main une cage pleine d'oiseaux, et il la secouait si rudement, que les pauvres petits allaient à tout moment donner de la tête contre les barreaux.

Cela fit de la peine à Louise.

— Que veux-tu faire de ces oiseaux? demanda-t-elle au petit garçon.

— Je n'en sais rien encore, répondit-il. Je vais chercher à les vendre; et si personne ne veut les acheter, j'en régalerai mon chat.

— Ton chat? répliqua Louise : ton chat? ah! le méchant enfant!

— Oh! ce ne serait pas les premiers qu'il aurait croqués tout vifs.

Et en balançant sa cage comme une escarpolette, il allait s'éloigner à grands pas.

Louise l'arrêta, et lui demanda combien il voulait de ses oiseaux.

— Je les donnerai tous à un liard la pièce : il y en a dix-huit.

— Eh bien! je les prends, dit Louise.

Elle se fit suivre du petit garçon,

et courut demander à son père la permission d'acheter ces oiseaux. Son père y consentit avec plaisir; il céda même à sa fille une chambre vide pour y loger ses hôtes.

Jacquot (ainsi s'appelait le méchant garçon) se retira fort content de son marché; et il alla dire à tous ses camarades qu'il connaissait une petite demoiselle qui achetait les oiseaux.

Au bout de quelques heures, il se présenta tant de petits paysans à la porte de Louise, qu'on eût dit que c'était l'entrée du marché. Ils se pressaient tous autour d'elle, sautant l'un au-dessus de l'autre, et soulevant des deux mains leurs cages, pour lui demander la préférence chacun en faveur de ses oiseaux.

Louise acheta tous ceux qui lui étaient présentés, et les porta dans la chambre où étaient les premiers.

La nuit vint. Il y avait bien longtemps que Louise ne s'était mise au lit avec un cœur aussi satisfait. Ne suis-je pas bien heureuse, se disait-elle, d'avoir pu sauver la vie à tant d'innocentes créatures et de pouvoir les nourrir? Lorsque l'été viendra, j'irai dans les champs et dans les forêts; tous mes petits hôtes chanteront leurs plus jolies chansons pour me remercier des soins que j'aurai eus pour eux. Elle s'endormit sur cette réflexion, et elle rêva qu'elle était dans une forêt de la plus belle verdure. Tous les arbres étaient couverts d'oiseaux qui voltigeaient sur les branches en gazouillant, ou qui nourrissaient leurs petits : et Louise souriait dans son sommeil.

Elle se leva de bonne heure, pour aller donner à manger à ses petits hôtes dans la volière et dans la cour; mais elle ne fut pas aussi contente ce jour-là qu'elle l'avait été la veille. Elle savait le compte de l'argent qu'elle avait mis dans sa bourse, et il ne devait plus lui en rester beaucoup. Si ce temps de neige dure encore quelques jours, dit-elle, que vont devenir les autres oiseaux? Les méchants petits garçons vont les donner tout vifs à leur chat; et faute d'un peu d'argent, je ne pourrai pas les sauver.

Dans ces tristes pensées, elle tire lentement sa bourse pour compter encore son petit trésor. Mais quel est son étonnement de la trouver si lourde ! Elle l'ouvre, et la voit pleine de pièces de monnaie de toute valeur, mêlées et confondues ensemble : il y en avait jusqu'aux cordons. Elle court vite à son père, et lui raconte, avec des transports de surprise et de joie, ce qui vient de lui arriver.

Son père la prit contre son cœur, l'embrassa, et laissa couler ses larmes sur les joues de Louise. Ma chère fille, lui dit-il, tu ne m'as jamais donné tant de satisfaction que dans ce moment. Continue de soulager les créatures qui souffrent; à mesure que ta bourse s'épuisera, tu la verras se remplir.

Quelle joie pour Louise ! Elle courut dans la volière, ayant son tablier plein de chenevis et de millet. Tous les oiseaux voltigeaient autour d'elle, en regardant leur déjeuner d'un œil d'appétit. Elle descendit ensuite dans la cour, et offrit un ample repas aux oiseaux affamés.

Elle se voyait alors près de cent pensionnaires qu'elle nourrissait. C'était un plaisir, un plaisir! jamais ses poupées ni ses joujoux ne lui en avaient tant donné.

L'après-midi, en mettant la main dans le sac de chenevis, elle trouva ces paroles écrites dans un billet :
« Les habitants de l'air volent vers
» vous, Seigneur, et vous leur
» donnez la nourriture; vous éten-
» dez la main, et vous rassasiez
» de vos bienfaits tout ce qui
» respire. » Son père l'avait suivie.
Elle se tourne vers lui, et lui dit :

Je suis donc à présent comme
Dieu : les habitants de l'air volent
vers moi, et lorsque j'étends la
main, je les rassasie de mes bienfaits?

— Oui, ma fille, lui répondit son
père; toutes les fois que tu fais du
bien à quelques créatures, tu es
comme Dieu. Quand tu seras plus
grande, tu pourras secourir tes semblables, comme tu secours aujour-
d'hui les oiseaux; et tu ressem-
bleras alors à Dieu bien davantage.
Ah! quel bonheur pour l'homme
lorsqu'il peut agir comme Dieu !

Pendant huit jours, Louise éten-
dit sa main, et rassasia tout ce qui
avait faim autour d'elle. Enfin la
neige se fondit, les champs repri-
rent leur verdure, et les oiseaux,
qui n'avaient pas osé s'écarter de

la maison, tournèrent leurs ailes vers la forêt.

Mais ceux qui étaient dans la volière y restaient renfermés. Ils voyaient le soleil, volaient contre la fenêtre, becquetaient les vitrages. C'était en vain ; leur prison était trop forte pour eux : Louise n'imaginait pas encore leur peine.

Un jour qu'elle leur apportait leur provision, son père entra quelques moments après elle. Ma chère Louise, lui dit-il, pourquoi ces oiseaux ont-ils l'air si inquiet? il semble qu'ils désirent quelque chose. N'auraient-ils pas laissé dans les champs des compagnons qu'ils seraient bien aises de revoir?

— Vous avez raison, mon papa ; ils me semblent tristes depuis que

les beaux jours sont revenus. Je
vais ouvrir la fenêtre, et les laisser
envoler.

— Je pense que tu ne ferais pas
mal ; tu répandrais la joie dans tout
le pays. Ces petits prisonniers
iraient trouver leurs amis, et ils
voleraient au-devant d'eux, comme
tu cours au-devant de moi lorsque
j'ai été quelque temps absent de la
maison.

Il n'avait pas fini de parler, que
déjà toutes les fenêtres étaient
ouvertes, et en deux minutes il ne
resta pas un seul oiseau dans la
chambre.

Louise allait tous les jours se
promener à la campagne ; de tous
côtés elle voyait ou elle entendait
des oiseaux ; et lorsqu'elle en entendait quelqu'un se distinguer

6

par son ramage, Louise disait :
Voilà un de mes pensionnaires;
on connaît à sa voix qu'il a été
bien nourri cet hiver.

LE CADEAU

C'est bientôt la fête de mon frère Denis, disait un jour la petite Victoire à madame de Saint-Marcel, sa mère. Je ne sais que lui offrir pour bouquet. Ne pourriez-vous pas me donner quelque chose, maman, pour lui faire un cadeau?

MADAME DE SAINT-MARCEL. Je le pourrais, sans doute, ma fille; mais j'aime bien autant lui faire ce cadeau moi-même. Crois-tu que je goûte moins de plaisir que toi à donner? Et puis, fais une petite réflexion. Si je te remets quelque chose pour lui en faire cadeau, c'est moi qui fais le cadeau, et non pas toi.

VICTOIRE. Cela est vrai, maman : mais je voudrais pourtant bien avoir quelque présent à lui faire.

MADAME DE SAINT-MARCEL. Eh bien! Victoire, voyons. Comment faut-il nous y prendre? N'as-tu pas quelque chose à toi? Ton petit oranger, par exemple?

VICTOIRE. Mon oranger, maman, qui me fournit des fleurs pour tous mes bouquets?

MADAME DE SAINT-MARCEL. Et ton agneau?

VICTOIRE. O maman ! mon agneau, qui me caresse avec tant d'amitié, et qui me suit partout?

MADAME DE SAINT-MARCEL. Et tes tourterelles?

VICTOIRE. Vous savez bien que je les ai nourries au sortir de l'œuf. Ce sont mes enfants à moi.

MADAME DE SAINT-MARCEL. Tu n'as donc rien à donner à ton frère?

VICTOIRE. Pardonnez-moi, maman.

MADAME DE SAINT-MARCEL. Et quoi donc?

VICTOIRE. Vous souvenez-vous de cette bourse à glands et à paillons d'or que ma tante m'a donnée pour mes étrennes? Elle est bien belle au moins.

MADAME DE SAINT-MARCEL. Cela est vrai. Mais penses-tu que ce présent fût bien agréable à ton frère? Il ne peut en faire usage de longtemps. Tu te rappelles bien que toi-même, lorsque tu la reçus, tu la serras dans le fond d'un tiroir pour ne l'en tirer qu'au bout de quelques années.

VICTOIRE. Mais, maman, c'est toujours un joli cadeau.

MADAME DE SAINT-MARCEL. Non, ma fille ; un joli cadeau, c'est lorsque nous donnons par amitié une chose qui nous fait plaisir à nous-mêmes, et qui doit faire aussi plaisir à celui à qui nous la donnons.

VICTOIRE. Faut-il donc que je donne à mon frère tout ce que j'aime ?

MADAME DE SAINT-MARCEL. Non ; tu peux donner autant ou si peu que tu veux, pourvu que tu y mettes de l'amitié et de la grâce.

VICTOIRE *réfléchit pendant quelques*

moments, et elle dit : Eh bien! je cueillerai pour le bouquet de mon frère les plus jolies fleurs de mon oranger, et je lui ferai présent de mon agneau.

MADAME DE SAINT-MARCEL. Fort bien, Victoire. Voilà qui annonce de l'amitié.

VICTOIRE. Ce n'est pas tout, maman. Je veux tous ces jours-ci sortir avec mon frère, pour que mon agneau s'accoutume à le suivre comme moi. De cette manière l'agneau sera déjà familier avec lui quand je le lui donnerai, et mon frère ne l'en caressera qu'avec plus de plaisir.

MADAME DE SAINT-MARCEL. Embrasse-moi, ma fille. Cette attention délicate double le prix de ton présent. C'est ainsi que la moindre bagatelle devient un objet précieux lorsqu'elle est donnée avec grâce. Tu ne pouvais nous causer une plus grande joie, à moi ni à ton frère.

VICTOIRE, *avec vivacité*. Ni à moi-même non plus.

MADAME DE SAINT-MARCEL. Tu t'en réjouiras encore davantage quand le jour sera venu, car il faut bien que je sois pour quelque chose dans la fête, et je veux que tu fasses pour moi les honneurs d'une petite collation qu'on servira dans le jardin, à ton frère et à ses meilleurs amis.

Victoire baisa avec transport la main de sa maman : et de ce pas elle courut faire des rosettes d'un joli ruban rose, pour en parer l'agneau le jour qu'elle le présenterait à son frère.

FIN.

TABLE

—

FIN DE LA TABLE.

Limoges. — Imp. EUGÈNE ARDANT et Cⁱᵉ.

www.ingramcontent.com/pod-product-compliance
Lightning Source LLC
Chambersburg PA
CBHW060840250626
47162CB00005B/2127